folio cadet ■ premières lectures

**Le Petit Nicolas
d'après l'œuvre de René Goscinny
et Jean-Jacques Sempé**

Une série animée adaptée pour la télévision
par Matthieu Delaporte, Alexandre de la
Patellière et Cédric Pilot / Création graphique
de Pascal Valdès / Réalisée par Arnaud Bouron.
D'après l'épisode « On me garde »,
écrit par Clélia Constantine.
Le Petit Nicolas, les personnages,
les aventures et les éléments caractéristiques
de l'univers du Petit Nicolas sont une création
de René Goscinny et Jean-Jacques Sempé.
Droits de dépôt et d'exploitation de marques
liées à l'univers du Petit Nicolas réservés
à **IMAV EDITIONS**. Le Petit Nicolas® est une
marque verbale et figurative enregistrée.

Tous droits de reproduction
ou d'imitation interdits et réservés.
© M6 Studio / **IMAV EDITIONS** /
Goscinny – Sempé
© Gallimard Jeunesse, 2014,
pour la présente édition

Adaptation : Emmanuelle Lepetit
Maquette : Clément Chassagnard
Le papier de cet ouvrage est composé
de fibres naturelles, renouvelables, recyclables
et fabriquées à partir de bois provenant
de forêts plantées et cultivées expressément
pour la fabrication de la pâte à papier.
Loi n° 49-956 du 16 juillet 1949 sur les
publications destinées à la jeunesse
ISBN : 978-2-07-065733-9
N° d'édition : 260471
Dépôt légal : septembre 2014
Imprimé en France par I.M.E.

Le Petit Nicolas

Pauvre baby-sitter !

GALLIMARD JEUNESSE

Le Petit Nicolas et ses copains

Maman Papa

Nicolas   Alceste   Clotaire   Eudes

Ce soir, les parents de Nicolas et d'Alceste sortent ensemble au restaurant.

- C'EST SUPER ! On va rester seuls tous les deux, se réjouit Alceste, étalé sur un matelas à côté du lit de son ami, un paquet de bonbons à la main.

- Ouais ! On va pouvoir faire tout ce qu'on veut ! confirme Nicolas. En plus, il y a *Les Enquêtes du commissaire Stan* qui passent à la télé. Papa ne veut jamais que je les regarde, mais comme il ne sera pas là...

– Les enfants ! appelle alors son père du rez-de-chaussée.

Les deux copains descendent les escaliers et découvrent, dans l'entrée, une jeune fille aux cheveux blonds qu'ils ne connaissent pas.

- C'est vous les petits bandits que je garde ce soir ? demande-t-elle avec un grand sourire.

- Euh... il doit y avoir une erreur, répond Nicolas. On n'a pas besoin d'être gardés !

- Il est hors de question que vous restiez seuls, rétorque son père. J'espère que vous serez gentils et que vous obéirez bien à Brigitte.

- Ne vous inquiétez pas, le rassure la baby-sitter. Je sais m'y prendre avec les petits.

Nicolas et Alceste se renfrognent : ce ne sont pas des petits ! La maman de Nicolas embrasse son fils, puis donne des instructions à Brigitte.

– Ils sont en pyjama mais ils n'ont pas encore dîné. J'ai laissé ce qu'il faut dans le frigo, explique-t-elle. Vite, chéri, il est temps d'y aller. Bonne nuit, les enfants !

Sur le pas de la porte, le père de Nicolas se retourne une dernière fois.

– Ah ! j'oubliais : surtout, qu'ils ne se couchent pas trop tard !

Après un coup d'œil dans le réfrigérateur, Brigitte annonce d'un ton enjoué :
— Jambon-purée, ça vous dit ?
— D'habitude, on mange des crêpes le samedi soir, ronchonne Nicolas.
— Des crêpes ? Je ne sais pas comment on les prépare…
— Moi, je sais ! ment Nicolas. J'en fais souvent avec ma mère.

– Euh... je ne suis pas sûre que ce soit une bonne idée.

Mais Nicolas pousse la jeune fille hors de la cuisine.

– Si, si ! On s'occupe de tout.

Il lui ferme la porte au nez et se tourne vers Alceste.

– Tu sais faire les crêpes, toi ?

– Je sais surtout les manger !

– Bon, on n'a qu'à regarder dans le livre de recettes de Maman.

Les garçons versent de la farine, des œufs et du lait dans un saladier.

– À présent, poursuit Nicolas en déchiffrant le livre, on doit mélanger ÉNERGIQUEMENT.

– Avec une épée, ce sera mieux ! propose Alceste en lui tendant une cuillère en bois. (Il pose une passoire sur sa tête.) Tu as vu mon casque ?

Et PAF ! Nicolas lui donne un grand coup sur le crâne.

– Traître ! crie Alceste en brandissant une spatule.

BIM ! BAM ! BOUM ! Le saladier ne tarde pas à valser, la pâte à crêpe gicle partout, la farine vole, les œufs fusent comme des boulets de canon...

Quand Brigitte revient enfin, la cuisine s'est transformée en champ de bataille !

Tandis que Nicolas et Alceste prennent leur dîner, la pauvre Brigitte récure la cuisine du sol au plafond. Au bout d'une heure, elle soupire :

– Il est temps d'aller vous coucher...

– Quoi ? râle Nicolas. Il y a *Les Enquêtes du commissaire Stan* à la télé, je les regarde toujours avec mes parents !

Mais Brigitte ne se laisse pas avoir.

– Fini les histoires. J'ai dit : « Au lit ! »

Nicolas obtempère en traînant les pieds. Arrivé dans le couloir, il glisse à l'oreille de son ami :

– On ira en douce dans le bureau de mon père. Il a une autre télé.

Peu de temps après, la jeune fille monte à l'étage et, surprise ! les garçons sont dans leurs lits.

– Vous vous êtes brossé les dents ?

– Oui, oui ! répond Alceste, avant de croquer un bonbon.

– Donne-moi ça tout de suite ! bondit la baby-sitter en lui confisquant ses friandises. (Elle avise la bibliothèque.) Je vais vous lire un conte, ça va vous calmer !

– C'est pour les bébés, les contes ! rouspète Nicolas.

Sans lui prêter attention, Brigitte commence sa lecture :

– Il était une fois une petite coccinelle qui s'était perdue dans un champ de coquelicots...

Elle n'a pas fini sa phrase qu'un drôle de bruit s'élève dans la chambre.

– RON, PSCHHH !

Ce sont les garçons qui ronflent déjà dans leurs lits ! Brigitte éteint la lumière et quitte la pièce sans bruit.

– Ouf ! souffle Alceste, à peine la porte refermée. J'ai bien cru qu'elle allait nous lire toute l'histoire !

Les deux garnements traversent le palier et se glissent dans le bureau. Nicolas tend la main pour allumer la télé... mais, dans le noir, il n'y voit pas grand-chose. BADABLANG ! Deux gros livres tombent par terre !

Dans le salon, Brigitte, qui est en train de se reposer, entend un choc sourd au plafond.

– Qu'est-ce qui se passe encore ?

Elle se relève et monte les escaliers. Sur le palier, elle aperçoit Nicolas qui sort juste du bureau.

– Que fais-tu là ?

– J'ai soif, répond Nicolas d'une voix faussement ensommeillée.

– Retourne dans ton lit, je t'apporte de l'eau, soupire Brigitte.

Elle redescend vers la cuisine, puis remonte, un verre à la main.

– Tiens ! dit-elle à Nicolas, qui s'est recouché. Et maintenant, interdit de te relever !

– CHUT ! lui lance l'effronté en lui montrant une forme sous la couverture, sur le matelas d'à côté. Ne parle pas trop fort, tu vas réveiller Alceste.

La baby-sitter repart sur la pointe des pieds. Nicolas soulève alors la couverture : deux coussins sont cachés dessous ! Il les cale sous son bras et file vers le bureau.

Alceste, qui est devant la télé, bien réveillé, lui lance :

– Tu arrives pile au bon moment ! Le voleur s'apprête à entrer dans une maison...

Installés sur les coussins, les garçons ne perdent pas une miette de l'émission. Tout à coup, un grincement retentit dans la nuit : CRRRRR !

– Tu as entendu ? sursaute Nicolas. On aurait dit le portail du jardin.

– C'est peut-être tes parents !

– Il est encore trop tôt...

« Ça y est, le cambrioleur est entré ! fait la voix de la télé. Malheur à ceux qui se dresseront sur sa route ! »

– Môman, j'ai peur... gémit Alceste.

– Il faut faire quelque chose, déglutit Nicolas. Suis-moi, j'ai une idée...

Pendant ce temps, en bas, Brigitte a ouvert la porte.

– Antoine ? Qu'est-ce que tu fais là ?

– Je suis venu te tenir compagnie !

– BRIGITTE ! hurle au même instant Nicolas, qui dévale les escaliers.

La baby-sitter pousse Antoine derrière un fauteuil du salon.

– Cache-toi !

Les enfants font irruption dans la pièce, fusil à fléchette et arc en plastique au poing.

– Qu'est-ce que vous faites debout à cette heure ? se fâche Brigitte.

– On a entendu un bruit : il y a un cambrioleur dans la maison !

– Il faut prévenir la police !

– Mais, euh… panique la baby-sitter. Non… vous vous faites des idées !

– Je l'ai vu, il est là ! hurle soudain Alceste. DERRIÈRE LE FAUTEUIL !

Il bande son arc et vise. Nicolas tire lui aussi. DZZZING ! deux fléchettes volent à travers la pièce.

Les fléchettes atteignent le visage de l'intrus. En plein dans le mille !

– Hé ! Tout doux, les mômes ! Je suis juste un copain de Brigitte, explique le garçon.

– Surtout, ne dites rien à vos parents, supplie la baby-sitter, en devenant toute rouge.

Nicolas et Alceste échangent un coup d'œil entendu.

– D'accord !

– Ouf... lâche la jeune fille, soulagée. Allez, les enfants, soyez gentils maintenant : remontez dans la chambre de Nicolas et mettez-vous au lit ! Vite, vite !

Mais Alceste fait la grimace :
- Je n'ai pas très sommeil... En plus, j'ai un petit creux. Tu peux me rendre mon paquet de bonbons ?
- On aimerait bien les manger en regardant la télé, ajoute Nicolas. Si tu vois ce que je veux dire...

La pauvre baby-sitter baisse les bras, vaincue.

– Je comprends… Je n'ai pas vraiment le choix, n'est-ce pas ? Eh bien, puisque c'est comme ça, faites donc ce que vous voulez ! Mais je ne veux plus vous entendre !

– Euh, ben moi, je ferais mieux d'y aller, bafouille Antoine, gêné.

Et, trois heures plus tard...
– Coucou, c'est nous !

Les parents de Nicolas pénètrent dans le salon, un grand sourire aux lèvres. Ils le perdent aussitôt en découvrant les garçons, vautrés devant la télé, en train de mâcher des bonbons !

– MAIS... QU'EST-CE QUE...
– Chuuuut ! les coupe Nicolas, en désignant la baby-sitter qui ronfle dans le fauteuil. Vous allez réveiller Brigitte. Mais rassurez-vous... ajoute-t-il en faisant un clin d'œil. Elle a été très sage !

je lis tout seul

Pour les jeunes apprentis lecteurs
Niveau 2

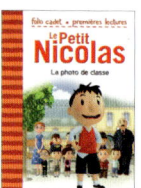
n° 1 *La photo de classe*

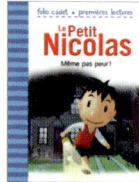
n° 2 *Même pas peur !*

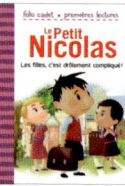
n° 3 *Les filles, c'est drôlement compliqué !*

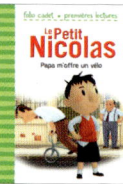
n° 4 *Papa m'offre un vélo*

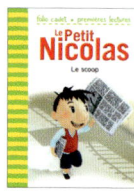
n° 5 *Le scoop*

n° 6 *Prêt pour la bagarre*

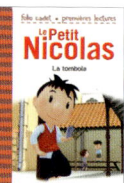
n° 7 *La tombola*

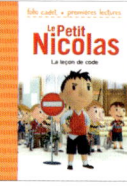
n° 8 *La leçon de code*

n° 9 *Le chouchou a la poisse*

n° 10 *Panique au musée*

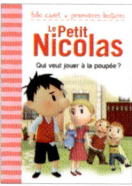
n° 11 *Qui veut jouer à la poupée ?*

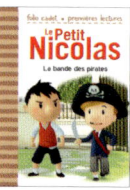
n° 12 *La bande des pirates*

n° 13 *Un chaton trop mignon*

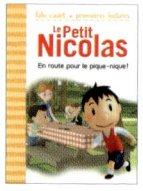
n° 14 *En route pour le pique-nique !*

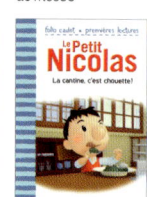
n° 15 *La cantine, c'est chouette !*

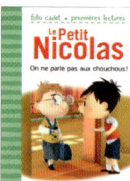
n° 16 *On ne parle pas aux chouchous !*

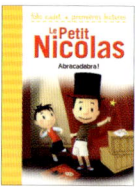
n° 17 *Abracadabra !*

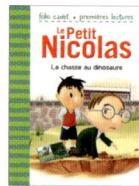
n° 18 *La chasse au dinosaure*

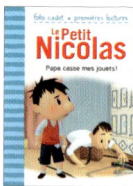
n° 19 *Papa casse mes jouets !*

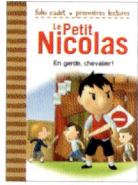
n° 20 *En garde, chevalier !*

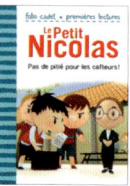
n° 21 *Pas de pitié pour les cafteurs !*

n° 22 *En avant, la musique !*

n° 23 *L'attaque du château fort*

Retrouve
le Petit Nicolas
sur le site
www.petitnicolas.com